쉼표
하나

쉼표.하나

맑은소리
맑은나라

소인선 시인

아호. 默靚
전북 진안 출생
시의전당문인협회 사무국장
시의전당 문인협회 후원회 재무차장
부산영호남문인협회 이사
부산문인협회 시조등단
청옥문인협회 詩 등단, 편집위원, 이사
부산문인협회 시조분과 회원
부산불교 문인협회 회원
시조문학 회원

수상.
시의전당 문인회 후원회 감사장
청옥문학 충열문학상 우수상

공저시집. 『詩. 時調』외 다수
siu1147@naver.com

마
음
의
꽃
씨

학창시절 막연하게 꿈꾸었던 시인

은행 업무로 시작된 사회생활은 청춘
을 숫자 속에서 맴돌게 했고 결혼과 육
아로 정신없이 흘려보낸 시간은 어느
새 중년의 능선에서 해거름과 마주하
게 합니다.
산이 좋아 산을 오르고 부처님의 고요
한 깨우침에 산문을 드나들며 불이의
마음으로 바라보던 자연 속에서 채집
했던 시어들이 오랫동안 잠재웠던 시
에 대한 열망을 일깨워 습작을 시작하
게 하였고 신인상을 통한 등단을 계기
로 문학에 대한 갈증을 달랜 2년여 동
안 마음에 흔적들을 모아 시집을 발간
하려니 설레는 한편 아직 설익은 글에

대한 쑥스러움에 주저하였지만 오랫동안 문우로서 많은 도움을 주었던 시의 전당 문인회 심애경 회장이 격려해 준 덕분에 이렇듯 용기 내어 독자 앞에 나서게 되었습니다.

자연의 숨결 속에서 사는 삶이 좋아 산과 벗하고 철따라 피는 꽃들의 표정 속에서 행복을 읽어 내려 노력했던 서정의 순수를 공유하고 싶은 바람으로 이 시집을 읽는 어느 한 분의 마음에 꽃씨가 된다면 시어 한 줄을 찾아 삶의 행간을 떠돌던 순간들이 헛되지 않으리란 생각입니다.

인생이란 소풍길에서 향기로운 인연으로 저의 문학적 디딤돌이 되어 주었던 문우님들과 산의 벗님들, 그동안 시를 쓴다며 때론 엉뚱한 행동에도 고운 눈으로 바라봐주었던 옆지기와 엄마를 자랑스럽게 해 준 아들, 딸에게도 고마운 마음을 전합니다.

2020년 가을 금정산자락에서

소인선 시집.
쉼표 하나

2부.

산따라 물따라

소인선 시집.
쉼표 하나

3부.

그
리
움
의
순
례

소인선 시집.
쉼표 하나

4부.

상념의 여울

소인선 시집.
쉼표 하나

5부.

심
표
하
나

소인선 시집.
쉼표 하나

6부.

마음의 사계

1부

들꽃 이야기

소인선 시집. 쉼표 하나

백작약

초록 물결 위
구름 한 점 앉았으니
무명의 빛 아득한 향기가
바람에 흔들리네

순백의 화관
머리에 쓴 신부일까
단아한 그 모습
고결하고 숭고하다

오월의 햇살로 빚은
함박 미소에
눈이 환해지면
은연중 순해지는 마음이다

아침에 피어나는 수련

밤이면 꽃잎 닫고
잠드는 수련

넓은 잎사귀에
방긋거리던 인사도 누이고
달빛 이불 삼아
꿈결에 선연한 그리움
향기로 불러들일 꺼야

아침이면 말끔한 얼굴로
보란 듯
저리 곱게 웃으면
수줍게 안기는 하늘에
연잎, 구름인 듯 떠 있어
마음 잔잔해 진다

지리산의 꽃 편지

깊은 산 개여울
늦잠 깨어 민망한지
잔망스러운 줄행랑이다

여린 꽃잎 눈 비비고
연초록 조막손
바람에 나부껴 봄을 반기니
꽃소식 등에 지고
서둘러 오르는 산비탈마다
바람꽃의 안간힘
앳된 꽃대 밀어 올리느라 바쁘다

아랫마을엔
봄바람 소문 자자한데
산 능선마다 마중 나온 봄볕
시린 손 녹이고
봉긋한 철쭉 꽃망울
산행에 지친 발걸음 불러 세우니
활짝 웃어주는 날
다시 오마
허튼 약속 슬쩍 흘러두고 온다,

목련을 바라보며

앞뜰의 한가로움
목련의 나뭇가지에 걸렸다

야지랑스런 바람
하얀 꽃잎 하나둘 여니
금방이라도 날아갈 것 같은 나비 떼
발레리나의 군무 같아서
햇살도 반짝반짝 호기심이 빛난다

소복소복
담백한 미소로 머금은 건
맑은 고요이다

산철쭉

곱디고운
진홍빛 산철쭉
사랑의 기쁨이란 꽃말처럼
환하게 웃어주는
정겨운 눈맞춤

바람의 시달림 속에서도
기어이 봄은 왔고
마음의 능선에
나도 순하게 피었습니다

23

민들레 홀씨

바람의 귀엣말에
무작정 따라나선 무모함이라지만
그리움 부추기는데
어딘들 못 찾아갈까요

마음 심으면
사랑으로 꽃 필 언약
가난을 탓하지 않는 억척으로
네게 뿌리내릴 텐데

불평하지 않는
착한 마음 가볍게 날아서
순박한 네 얼굴에
방싯거리는 미소로 필거야

욕심 없는 행복으로
너의 부푼 희망이 되고 싶으니
허락한다면
예쁜 꽃으로 피어 웃어 보일께

풀꽃 연서

여린 꽃숲에 묻어나는
향기로움
봄바람에 살랑거리면
당신에게 보내는 내 마음인줄 아세요

꿈결처럼 하늘거리며
당신의 눈동자에 아른거리는
가녀린 몸짓
곱게 간직했던 고백인줄 아세요

지극한 마음으로
바람결에 그 향기마저 잃어버릴까봐
조바심으로 당신을 찾는
나비의 꿈이 내 사랑인줄 아세요

긴 겨울 건너 온
환한 첫 만남
나는 당신 앞에 웃고 있지요

지리산의 봄

산자락이 연초록 길 열면
산수유 노랗게 반기고
진달래 분홍빛 수줍은 교태에
산철쭉 몽우리 샐쭉

이름 모를 꽃이
길가에 흐드러지게 피어있고
아기별꽃, 얼레지, 바람꽃
잊을 수 없는 눈맞춤 곱기도 하지

제 몸 열어 반기는 봄
햇살 지팡이 삼아
꽃소식 지게에 지고
천천히 지리산을 오르지

솔잎채송화

살결 간질이는 바람의 손길 느끼며
나무그늘에서
뜨락에 핀 솔잎채송화를 본다

척박함에 뿌리박은 솔잎채송화
밤이면 꽃잎 닫았다가도
햇살 비추면 활짝 제 몸 여는 긍정
자주색인 듯 분홍색인 듯
오래 시들지 않는 참신한 생명력으로
찬연히 불태우는 정염이 뜨겁다

넉살 좋은 친밀로 내미는 손
땅따먹기 놀이 신명 나
온통 자줏빛 분홍융단 곳곳에 깔고
별명은 왜 그렇게 많은지
송엽국, 사철채송화, 두서가 없다

네 미소 느긋하게 번지는 뜰
햇빛도 환하게
오월이 사부자기 놀러 왔다

들꽃 이야기

배려의 마음으로
지혜롭게
결 고운 마음으로
향기롭게
수수한 모습에 밝은 미소
인색하지 않다

보아주지 않아도
서운해 하지 않고
예쁨을 뽐내지 않으며
함께 어울려
스스로 행복한 모습이 좋다

바람처럼 스치는
인생의 길목 언저리에서
들꽃처럼
제 할 일에 충실하며
있는 듯 없는 듯
머물다 가고 싶다

꽃향기 밟으며

키 낮은 소망 두 팔 벌리고
들판 가득 핀 꽃
향기의 황홀한 입맞춤으로
깊은 잠에서 깨어난
동화 속의 사랑처럼 아름답습니다

축제에 초대되어
설렘으로 울렁거리는 우아함
바람결에 나붓나붓
꽃동산에서 마음껏 춤추니
꽃잎으로 쏟아지는 박수입니다

반갑게 함빡 웃어주는
그대여
풀잎 양탄자 위에서
언제쯤 손 내밀어 춤 청하렵니까

앉은뱅이 꽃

키 조그마한
네가
내 눈에 들어왔다

잃어버렸던
제비꽃 머리핀이
여기 숨었네

보일 듯 안보일 듯
덤불 속 네 모습

자줏빛 입에 문
예쁜 나래 짓
귀엽고 사랑스럽다

햇살 품은
해맑은 웃음
너의 겸손한 몸짓

꽃소식

몽실몽실 흐드러진 꽃물결
향기로 속살거리니
봄바람에 정분난 춘심이다

홍매화 순정에 불 지펴
볼 빨간 눈웃음
산수유 노란 폭죽 터트린
황홀한 눈맞춤

두견화 연분홍 치마 입고
방실방실
개나리 노랗게 물들인 머리채
치렁치렁
목련 순백의 드레스 걸치고
배시시 미소 짓는다

뒤질세라

한순간 활짝 핀 벚꽃 잔치

연이은 꽃소식에

달뜬 마음에도 꽃물이 번진다

능소화

송이송이 마음 열어 반겨도
임은 내가 꽃 핀 이유를 알까
무관심의 시린 날들 버텨
늦봄 담장에 기대
이렇게 곱게 단장한 모습으로
사무치던 마음 드러낸 걸

단 한 번의 손길 기다리며
언제쯤일까
귀 열어 듣는 임의 발자국
애타는 그리움만 넌출져 흐드러지다가
서글픈 기다림에 지쳐
뚝뚝 떨어져도
이내 다시 꽃피우는 마음
임의 옷자락 스칠까 봐
주황으로 물드는 기다림

나팔꽃

내가 굳이 넝쿨손 뻗어
높이 오르려는 이유를 아시나요

당신이 멀리서도
나를 볼 수 있게 하기 위함이에요

높이 올라 보는 세상
알 수 없었던 것 느낄 수 있어요

오르기 힘겨워도
포기하지 않는 인내를 배워요

아침이면 제일 먼저 세상을 향해
행복의 인사를 전해요

당신께 기쁨이 된다면
소망의 나팔 기꺼이 불어 드릴께요

살살이꽃과 바람

강이 보이는 언덕
목이 긴 분홍빛 소녀들이
까르르 까르르
가는 허리 접으며 터트리는 웃음
너울거리는 군무에
고추잠자리 잠시 넋을 잃는다

누가 살살이 꽃이라고 했나
가만히 들여다보니
바람이 간지럼 태우는 대로
살살 몸을 꼬는 모습이 예쁜데
바람과 살살이 꽃
잘 어우러져 가을을 수놓는다

가을 들녘에서
바람과 동행하는 살살이 꽃
잠자리가 있어 풍요롭고 정겹다

백일홍 꽃씨를 뿌리면서

앞뜰 빈 밭을 일궈 거름 뿌려놓고
비 지나간 다음 날
꽃밭을 환희 밝힐 백일홍
꽃씨를 뿌립니다

마음 가는 대로 손 가는 대로
흩뿌린 꽃씨
꽃 필 날들을 손꼽으며
제 몫의 생
튼실하게 뿌리내리길 기대합니다

머지않아 꼬물거리며 싹이 트고
쑥쑥 꽃대를 올리고
늘 최선인 자연의 이치로
환하게 웃으며 화답할 겁니다

꽃이 선사하는 아름다움
하지만
꽃을 사랑하는 사람은
성장 과정을 보면서 더 행복해 합니다

나는 이미
백일홍 꽃밭 속에
백일동안 웃고 있는 상상에 빠져듭니다.

쑥부쟁이

연보랏빛 한아름 안고
쑥스럽게 헤실거리는 모습
옛 친구처럼 살갑다

가을 막바지 선심에
벌 나비 바삐 찾아드니
그 마음 또한 향기롭구나

숫기 없는 평범한 모습
눈여겨보지 않아도
한결같은 헤픈 미소가 곱다

널 눈에 담으니
마음에 은근히 안기는 꽃말
그리움, 기다림

잡초처럼
아무렇게나 피었지만
순정의 마음은 으뜸이구나

가을에 핀 꽃

이른 봄
꽃씨를 묻어두고
얼마나 긴 기다림의 차례였을까

앞서 핀 꽃들
관심 독차지할 때
진득하게 품어 안던 향기였을까

비바람의 시달림
휘청휘청 받아넘기며
순서를 양보하던 아름다움이었을까

뜰에 꽃향기 가득하니
사랑스럽구나
향기롭구나
더 은근한 눈빛이구나

장미

너는 우아하고 향기로워
늘 예쁘다는 칭찬만 듣고
이파리에 숨긴 가시는
멋모르고 잡은 손 찌르기도 하지

성공하여 부러움 받는 사람
뒤에서 뒷담화로
부모 잘 둔 덕이라고 수군거리지만
그건 못가진 자의 비아냥
노력 없이 이룬 성취란 없을 거야

장미 또한 귀하게 대접받고
사랑 받는 건
나름의 이유가 있기 때문이지

네 아름다움을 질투하지 않겠어
그냥 본연의 모습 그대로
너를 인정하려고 해

45

방울토마토

방울방울 매달린
초롱초롱한 눈망울에
별빛이 무수히 쏟아져요
초록별
노란별
빨간별

우리 집 텃밭에 열린
방울토마토가
신호등 놀이에 푹 빠졌어요
초록불
노란불
빨간불

세월은 멈추지 않는다면서
빨간 것만 골라 담으니
인생의 맛도 잘 익었네요

초롱꽃

초롱초롱
등불을 켰어요

은초롱 하얀 등불
붉은 초롱 빨간 등불

주렁주렁
불 밝히고
누구를 기다리나요

기다리는 사람은
오지 않네요

바람이 살며시 놀러 왔다가
건드리고 달아나면
맑은 종소리로 울고 있네요

2부

산따라 물따라

소인선 시집. 쉼표 하나

비온 뒤 금정산

비 멎으니
운무에 몸 숨겼던 금정산
새초롬히
구름 치마 걷어 올린다

들꽃마다
하분하분 젖은 눈빛
다소곳하니
풋정이 생글거린다

나뭇잎은 한결 푸르니
더 그윽해지는 계곡
고담봉이
한 뼘 더 자라났다

먼 산 보듯

참고 있던 그리움
문득 흐린 눈으로 나를 바라본다

기억의 역류로
마음 흠뻑 젖을 때마다
지워버린 줄 알았던 아픔의 되새김

만남과 이별 잦은 삶
누군들 눈물의 웅덩이 하나 없으랴

운명의 고리에 엮여
지나가는 한순간 인연이 남긴
그리움이라는 덧정

세월의 흔적
또 한마디가 자라난다

상계봉을 오르며

바람 가끔씩 하늘거리고
나무 그늘 시원해
매미 울음소리 가득하니
날 오라는 곳 없어도
산은 언제나 벗이 되어준다

서둘지 않아도
오붓한 기쁨이 기다릴 줄 알고
오솔길 더듬으면
여유롭게 찾아드는 낭만
산자락 껴안은 메아리가 반기면
발걸음 가벼워진다

풍경 속에 숨겨진 신비
한 겹 벗으면
꽃길이 서둘러 길을 열고
느린 걸음으로 뒤 따라올 중년의 꿈
마음에서 먼저 핀 꽃이어라

길은 마음으로 연결되어 통하고
계곡물 강물 만나 휘돌듯
여유롭게 둘러 가도 만나질 행복
아름다운 것들이 눈에 익어 심심해지면
촐랑대는 계곡의 물소리 새롭고
기도가 모이는 돌탑에
가벼운 욕심 하나 얹어두고 간다

지리산 능선에서의 사색

지리산 능선을 걸으며
주변 풍경 세세히 눈에 담자니
어우러져 있어도
자신만의 독특함을 잃지 않는 것들
흐드러지게 핀 진달래꽃
산철쭉 아기별꽃
이름 모르는 가지각색의 야생화들
병졸처럼 늘어선 나무들
바람과 구름, 향기
걷고 있어도 생각이 다르고
보고 있어도 시야가 다른
나만의 오롯한 시간
발길 닿는 곳마다 경이롭다

능선을 오르다 발견한
아기별꽃 품에 안아 키우는 고목
저마다 의지할 곳 있으면
거기가 안식처
지리산 능선에서
나도 꽃으로 하늘거린다.

금정산을 오르며

오랜만에 오르는 등산길
숲은 살랑거리는 봄바람 때문에
생기 넘치고
진달래 연분홍 미소가 수줍습니다

맑은 공기에 느끼는
들꽃 향기
온갖 생명들의 속삭임으로
한껏 행복해집니다

항상 오르는 길
반기는 금정산의 모습 늘 신비롭고
느끼는 즐거움
언제나 새롭습니다

느긋한 마음으로 오를 수 있음에
오늘도 꾸린 작은 배낭
건강은 덤이랍니다

산

나의 오랜 벗 되어
외로울 때도
기쁠 때도
모든 것을 함께 나누었지

바람의 비문을 새기던
너럭바위
지친 몸 쉬어가게 하고
초록 바람 불어와
세상근심 날려 보내지

잡다한 세상 넋두리
마다하지 않고 마냥 들어주니
네 품에서 찾는 위안
언제든 변함없는 벗이여

산에 오르는 이유

말동무 할 친구 멀리 있고
마음 심드렁할 때
외로움 동무 삼아 산에 오른다

자박자박
뒤따라오는 내 발자국 소리
여유롭고 정답다

한 고개
땀 흘려 넘을 때마다
골바람 스윽
땀 닦아주고 간다

마음 흐뭇한 날
산에 오르면
발걸음 한결 가볍고
산모롱이 돌 때마다 기쁨 벅차다

변덕스러운 마음에도
언제나 나를 반겨주는 편안한 벗
숨기고 싶은 비밀도
웅숭깊은 품으로 안아주는
마음 다정한 벗이다

가지산

산 메아리
귓등으로 흘려들으며
숲길로 접어든다.

내가 이름 붙인
낯익은 나무와 돌맹이들
안부를 물어오면
마음에 깃드는 평안

너덜겅* 부석거려
조심스러운 발걸음 멈추고
다시 챙기는
산에 대한 경외감

산은 항상 경건한 자태로
이곳에 머무는데
오고 가는 나그네만이
매일 달리 찾을 것이다

*너덜겅 - 돌이 많이 흩어져 깔려 있는 비탈

하얀 집

금정산 남문
길이 모여지고 흩어지는
나지막한 언덕 밑 하얀 집

넓은 마당엔
간이의자와 평상 서너 개 있어
적당히 외로운 사람들
하나둘 모여들어
한잔의 막걸리를 나눠 마시며
정담을 풀어 놓는 곳

저마다
마음의 짐 하나씩 부려 놓으니
발걸음 가볍다

쉼터

늙지도 젊지도 않는 산객
평상에 앉아
산성 막걸리로 목축이고
입가에 묻은
세상의 근심도 쓱쓱 문지르며
쉬어가는 쉼터
삼삼오오
무리 이뤄 오가는 사람들
홀로 산책을 나온 사람
등짝이 식도록 앉아 쉬다가
홀연히 날아가는 새처럼
해지는 산등성 노을을 지고 간다
나비처럼 앉았다가
목적지로
걸어가는 산 나그네의 쉼터

봄의 생명력

오랜 되새김의 기억으로
이맘때쯤이면 저절로 배우는 거야
스스로의 갈망으로
그리움 눈물로 솟구치는데
무엇을 두려워하랴

이토록 숭고한 열망
긴 기다림의 해후에 들떠
사랑으로 꽃향기 품는
사모의 마음
막아설 수 있으랴

간섭 없이도
여린 새싹 키우는
자유분방한 야생초
연둣빛 감도는 나무들
두루 돌보는 열정을 어찌 탓하랴

봄의 사랑이란
두려움 없는 도전이기에

신불산 산행

산에 오르면
세상의 시끄러운 소리
침묵으로 가라앉고
밤새 풀잎을 누여 재우던
바람 소리 은근하다

철 따라 표정만 바뀌는
늘 그 자리
언제나 묵묵하게 반겨주며
세상살이 고뇌
온갖 불만을 꺼내어도
너른 품에 담아 두는 인자함이다

상처를 치유하는 힘
산은 더 너그러워지고
한없는 평안에 위안 받으니
오롯이 내 편인 신불산이다

천성산 자락에서

느긋이 산자락 올라
완만한 능선을 걸을 땐
아기자기한 풀꽃과 어울려
흥얼흥얼 콧노래에
발걸음 가볍게 내딛는다.

경사 급한 비탈길
턱밑까지 차오르는 숨에
한걸음이 천근
가쁜 호흡을 고르면
하늘이 손 내밀어 이끈다

천천히 꾸준하게
손님 같은 기쁜 마음으로
걷다보면
산은 친구가 되어
바람으로 토닥여 준다

고목

기약 없이 심었던 희망과 기대
억척으로 싹 띄워
붙박어 키워낸 아름드리 고목이
투정 없이 하늘 떠받친다

대지를 움켜쥔 뿌리에 돋은 힘줄
힘겨운 세월이 앉았다

무성한 초록 그늘
넓은 품 쉼터로 내어주다가
홀연히 잎 거두고
빈 몸으로 버티어도 의연한 모습이다

그리움의 어귀에 우뚝 서서
곡절 많은 사연 바람에 흘린다.

산책길

홀로 산길 걸으니
길동무 되어주는 산새 소리
내 발자국 소리

늦가을 산국 향기
낙엽은 발밑에 바스락대고
아기단풍 잎
햇살에 더욱 빨갛다

갈바람 가끔씩
가슴에 살포시 안기니
보이는 모든 것이 경이롭다

하늘을 보며
내가 걸어온 길
걸어가야 할 곳을 바라본다

멀리, 가까이

산꼭대기에 올라
산자락에 기댄 마을 내려다보면
평화로워 보이는 풍경
멀리 보아야 아름다운 것들이 있다

어두운 시골길을 걷다 보면
드문드문 창으로 새어 나오는 불빛
반갑고 정겨워
오순도순 모인 가족의 품 같다

정겹고 평화로워 보이지만
생활 속에 들어가 보면
나름의 고민과 갈등이 있어
보이는 것이 실체의 전부가 아니다

산 정상에서 느낀 평안
생활 속에 들어서면
또 다시 스멀거리는 번뇌
현실은 근심 앞에서 솔직해진다

혼자만의 산행

인생의 주인공 되어
딛고 가는 삶
누구도 탓하지 않는 여유로
경쟁에서 벗어나
산 중의 고요와 고독을 즐긴다

혼자일 때
오롯이 들여다보는 내면
사색은 깊어지고
대상을 보는 눈 맑아지니
나로서 비롯되어지는
삶의 행로가 여기에 있다

아름다운 것
슬픈 것
다시 들여다보면
새롭게 눈 뜨는 자아
외진 곳 홀로 핀 꽃
비교하지 않는 행복에 겨워
더 곱고 예쁘다

지리산 종주를 마치면서

한닭회 친구들아
지리산 2박 3일 무사히 다녀왔다

산을 좋아하다 보면
명산을 찾아가는 일은 당연한 일
정상을 딛고 싶은 마음은
정복이 아닌 묵묵한 포옹이기에
큰맘 먹은 장시간의 종주
산을 좋아하는 도반들과 함께 했다

하늘, 푸른 나무
이름 모를 들꽃 눈에 담으며
동고동락하니
몸무게만큼 큰 짐도 견딜 만하여
아무 탈 없이 하산해준 도반들
지리산의 넉넉함을 닮았다

격려해준 친구들에게도
감사한 마음을 나눈다

폭풍우 지나간 숲

어젯밤
극성스럽던 바람
거세게 쏟아붓던 빗물
언제 그랬냐는 듯 잠잠하다

부서지고 나뒹굴고
처참한 흔적 나 몰라라
파란 하늘은 딴청을 부린다

부러진 나뭇가지
드러누웠던 풀잎들이
제 몸 추스르기에 바쁘고
솔바람은 숲길을 쓸고 있다

힘든 고난을 이겨낸 숲
휘청거렸던 것들이
고요한 일상을 자리 편다

3부

그
리
움
의

순
례

소인선 시집. 쉼표 하나

손빨래를 하면서

세탁기에 넣기엔 자잘한 세탁물을
세면장바닥에 쪼그려 앉아
거품을 내고
땟물이 빠지도록 조물거리다가
문득 한겨울 개울가에서 빨래하던
엄마 생각이 났습니다

새빨갛게 언 손 호호 불어가며
벅벅 문질러 빨던 옷
철부지 우리는 하루가 멀다고 흙투성인데
그때마다 타박 한번 안 하시고
빨랫방망이만 힘껏 두들기셨지요

손빨래 고집하셨던 엄마가 보고 싶어
눈물로 헹구는 빨랫거리
젖은 그리움을 널어 말리려니
엄마가 햇살로 찾아옵니다.

갈대

훗날을 기약하는
손가락 건 맹세는 없었지만
덧없는 물결에
애달픈 마음 띄워봅니다

지싯거리는 바람에
흐느낌으로 넘실거리는 강가
훌쩍 자란 그리움에
가녀린 몸짓 둘 곳 없기 때문입니다

우두하니 마냥
서녘 하늘가 붉게 번지는 노을 속
강바람에 서걱거리며
기다림의 솟대로 우뚝 합니다

은빛 머리채를 흔드는 바람
매몰찰수록
발목을 더 깊이 묻습니다

그리움의 방향

시가 좋아 시 쓰며 살고
산이 좋아 산에 오르며
낯익은 그리움과 동행한다

모든 것은
좋아하는 쪽으로 향해
마음을 열어두고
관심받기 위해 노력한다

우리 집 창가 화분에 작은 나무도
양지로 가지를 뻗고
꽃도 창가로 목을 뉘였다

네가 좋아
살포시 다가가는 눈빛
마음은 항상 네 곁이다

세상 모든 것은
못내 그리워하는 쪽으로
시선을 고정한다

가끔

아무런 이유도 없이
가끔 생각이 나

여린 마음이 추억에 젖어
가끔 눈물을 흘려

그리운 이름 하나 잊지 못해
가끔 남몰래 불러봐

허전한 날이면 추억 더듬어
가끔 오솔길을 걸어

달빛 걸어두고

수없이 그리움 피고 진 후에야
남겨진 것이
사랑이라는 걸 알게 된 날

밤의 적막 속
반짝이던 속삭임이
외로움의 눈빛이란 걸 알게 된 날

창문을 두드리며
방울져 내리던 빗방울
당신의 눈물이란 걸 알게 된 날

소망 깃든 마음으로
눈썹달 덩그러니 걸어놓고
술 한 잔 기울입니다.

그리움에게 부치는 편지

어머니 쉰다섯 고운 나이에
하늘로 떠나셨을 때
철이 덜 든 막내는 고3이었고
전 갓 아이를 출산한 새댁이었지요

방문에 기대어 서럽게 울던
어머니의 막내딸도
이젠 불혹을 훌쩍 넘긴
중년의 아지매가 되었네요

생전에 그렇게 애태우시던
고집불통 아버지도
힘 떨어진 할아버지 되셨구요

좋아진 세상 구경 못 해 보고
자식들 효도 한번 받지 못하고
손주 재롱 못 보시고
젊은 나이에 하늘 가신 어머니

쉰다섯 어머니 하늘 가실 때
그땐 몰랐네요
쉰다섯이 곱디고운 청춘이란 걸
안타까운 나이라는 걸

잊은 듯 살아가지만
가끔씩 어머니 안 계신 허전함에
기댈 곳 없으니
눈물뿐인 그리움만 부여잡습니다.

새벽 단상

아린 마음으로 바라보는
먼동 밝아오는 하늘
마른 가지 끝 매달린 이슬방울
영롱하다

거미줄에
그리움 대롱거릴 때마다
자꾸 엉키는 상념
해 뜨면 사라지니
잠시 네 생각 접어둔다.

빨래를 널다가

꾸깃꾸깃한 추억
그리움으로 얼룩진 날들이
삶의 풍파에 휩쓸리고
세월에 헹궈져
빨랫줄에 하늘하늘 걸린다

되돌아보면
청춘은 빛나는 햇살이고
눈물 많던 어제를 말리는 바람
통속적이라 일컫던 날들이
순수를 되찾는다

그리움의 징표처럼 눈부셔
뽀얗게 다가서는 얼굴
축축했던 기억이
보송보송 설운 기억을 말리면
중년의 나이가
바지랑대로 우뚝하다

문득

떠올렸다가
애써 지우는 기억 있어
사무치기도 하겠지

되새겨보면
보고픈 마음 무진장이어서
애간장이야 타겠지

변덕스러운 마음이
곁눈질하던 그리움 때문에
눈물 흘리기도 하겠지

술 한 잔에 기대어
외로움에 젖기도 하겠지

문득
밉기도 하겠지만

안부

어둠 속에서라도
별빛으로
당신의 존재를 알려주세요

보이지 않아도
당신이 다녀간 걸 느끼도록
꽃향기로 안부 놓아두고 가세요

풀잎에
반짝이는 햇살도
당신의 눈빛으로 반긴답니다

어스름 내리면
마음에 등불 하나 내걸고
꿈결로 오시는 길 밝혀 둡니다

표류

어쩌다가
이렇게 멀리까지 떠내려왔을까

운명에 떠밀려
마음 하나 의지할 곳 없는
망망대해

욕심부렸던 모든 것들이
한낱 신기루에 지나지 않았지

인연의 끈 풀려
허무의 바다에 표류하는 지금

구원처럼 떠오르는 섬
흘러
네게 닿기를 소망하는데

담쟁이 사랑법

삶이 순탄치 않아도
담벼락이 막아서도
천천히 걸어갑니다

당신의 어깨를 딛고
내 어깨 내어 주며
서로 끈끈하게 맺어진 믿음으로
생을 움켜쥐는 의지로 더듬어
미지의 길을 열고
초록 깃발 흔드는 성취의 기쁨으로
시련에 맞부딪혀
이루었던 모든 것 앗아가도
앙상하게 버티는 인내로

보란 듯
부활하는 푸르른 몸짓으로
담쟁이처럼 맞잡은 운명입니다.

우리 잠시

우리 잠시 만나지 않을 뿐
헤어진 것 아니야

마음속 깊이 네가 있는데
너를 내 마음 밖으로
내보내야만
이별이라 말하는 거야

그거 알아?
조급하지 않게
사랑을 뜸 드리는 중인 거야

기다리는 마음

초목은 푸르고
꽃잎은 붉게도 피고 지네
소식 없는 그대
망연히 기다리는 하루하루
뻐꾸기만 하릴없이
뻐꾹 뻐꾹

먼 산마루에 걸린 흰 구름처럼
아득히 먼 그대 소식
혹여나 하여 열어둔 마음의 창에
바람만 무시로 들락거리고
뻐꾸기만 진종일
뻐꾹 뻐꾹

사랑의 잔영

가을엔
무엇이던 되어서
그대 곁에 머물고 싶습니다

청명한 하늘로
갈바람에 하늘거리는 코스모스로
햇살 곱게 물든 단풍으로
우듬지에 매달린 까치밥 홍시로
빈 들녘 허수아비로

가을의 풍요가 추수되어도
가난한 날들을 위한
사랑의 잔영으로
그대 곁을 지키고 싶습니다

마냥
그의 눈앞에 있고 싶습니다

비 내리는 날

곁에 아무도 없으니
쓸쓸함이
비 되어 내리네

화단에 채송화
새초롬히 분홍빛이 젖는데
빗소리 토닥토닥
나만 알아듣는 속삭임으로

이렇게 외로운 날
추적추적 내리는 비에
보고픈 마음 흠뻑 젖는다

인생의 벗

나란히 인생길 걷는 벗
그냥 함께 있는 것만으로도
든든해지는 거

군이 설명하지 않아도
맞잡은 손에서 느끼는 이심전심으로
따스해지는 거

의심 많은 세상사
마음 툭 터놓고 속을 내보여도
편안해지는 거

엄마가 그랬듯이
산이 그랬듯이
친구가 그랬듯이
시가 그랬듯이

세월 걷다 보면
앞마당 감나무 닮아 있겠지

하늘이 맑은 날

하늘이 맑은 날
그리움도 해맑아서
좋았던 추억들
햇살로 한 아름 안겨옵니다

화단의 꽃 살랑살랑
바람 지날 때마다 꽃잎 흔들어
향기를 살짝 흘리는 뜰엔
추억이 덩달아 행복을 꽃 피웁니다

까만 고무신으로 피라미 잡던
냇가도 그립고
참꽃 따 먹었던
앞동산도 그립습니다

자연과 벗 삼아 놀던
어린 소녀
소꿉놀이로 세월 가는걸 잊었습니다.

나를 흔드는 것은

나를 흔드는 것은
바람이 아닌
당신의 눈빛 때문이야

당신이 강물 되어
먼 길 나서면
나는 은빛 반짝이는 물결이 되고
당신이 산길로 나서면
땀 식혀주는
산들바람으로 뒤따르네

내가 흔들리는 건
바람 탓이 아니야

4부

상념의 여울

소인선 시집. 쉼표 하나

시를 쓰는 이유

밤새 뒤척이며
시의 행간을 떠돌다
끝내 느낌표 하나 둘 곳 없어
억지로 청하는 잠
어설픈 습작의 부끄러움
감출 곳 찾아
서성거리던 감성의 골짜기에서
상흔의 멍울과
지독한 외로움 속에서 발견하는
한줄기 빛과 같은 시어

새벽 먼동
방황을 건너온 나의 표상이
충혈된 눈 부비며
새롭게 눈 뜬 문장 보듬어 안는
시 한 줄의 위로
초라한 전리품일지라도

풍요로운 영혼으로 가난하게 살지니
시여 나를 일깨워라

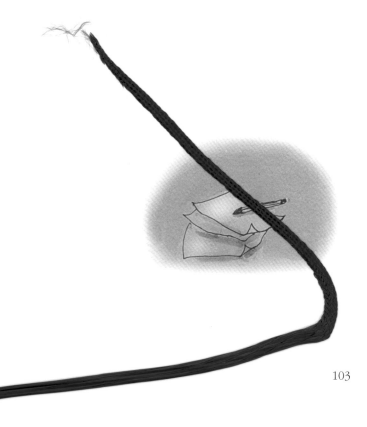

갱년기

기분이 울적하고 심란해
잠잠하던 마음이
갑자기 출렁거리기에
커피 한 잔을 들고 앉는다

쉰을 훌쩍 넘겨
예순을 눈앞에 둔 여자
텅 빈 집을
혼자 지키는 시간이 많다

할 일은 밀쳐두고
잡념에 빠졌다가
부아 치밀어
속이 보이지 않는 울음으로 떠 있다

갱년기라는 섬으로

번민의 바닥

진실은 늘 서툴기만 하고
부산스럽기만 한 마음
무거운 침묵을 깨트린다.

부풀린 기대의 모서리조차
갈아내지 못한 사랑
불안과 다투다 허비한 시간 속
다가서지 못한 고백이 외롭다

멀리 산모롱이 돌아서 오는
산사의 새벽 종소리
마음은 아직 어둠 속에서
억겁의 연緣 타래에서 허둥댄다.

잡초

씨 뿌리지 않아도
불쑥 자라나
야멸차게 뽑아내어도
돌아서면 또 자릴 잡으니
끊임없이 돋아나는
마음 속 번뇌가 야지랑스럽다

숨은 듯 있다가
가슴팍 언저리에 자라나
자리를 잡는 사람
뽑아버려도
뽑아버려도
무시로 자라나는
잡초 같은 그리움

안경을 맞추며

너로 인해
어두운 세상 밝아지고
너 없는 세상
흐릿하여 분별없다

예쁜 꽃 보는 것도
글 한 줄 읽는 것도
네게 의지하니
나의 일부며 동반자이다

눈으로 보고 느껴
지금의 나를 이끌어주는 너
아름다운 것들을
더 많이 선명하게 보여 주렴

네게 부탁이 있다면
마음의 눈이 되어
지혜의 숲으로 날 인도해 주렴

서랍에 배인 비누향기

포장지 벗겨내지 않은 비누가
욕실 서랍에 여럿
서랍을 열면 비누 향기 가득하듯
마음을 열면
이해와 배려의 향기 번지는
넉넉한 사랑
곁에만 있어도 향기로운 사람
누군가에게
그런 사람으로 머물고 싶다

특별한 인연 내세우지 않아도
저절로 스며들어
스치기만 해도 인간미 풍기는
그런 사람이고 싶다

변화의 속도

어제와 닮아있는 아침의 일상
여전히 새는 울고 꽃은 피고 진다
무심히 지나치는 순간들은
가만히 진행되는 변화를 감지하지 못한다

누가 꽃 피는 순간을
낙엽이 흙으로 돌아가는 순간을
눈으로 지켜볼까
진행의 한 단면으로 변화를 체감한다

나무가 나이테를 새기는 동안에도
우주의 섭리를 실행하는 자연의 행보
느낌만이 진취적이다

마음의 혹

순수했던 마음
언젠가부터 혹부리영감의 혹이 생겼다

처음엔 아주 작아서
양심에 거리낌이 없었는데
세월이 흐르면서 혹은 점점 커졌다
가끔은 눈총을 받기도 하고
욕심은 부풀어 불평은 늘어났다
하고픈 것들은 많아지고
주변을 돌아볼 여유 없이 쫓겼다
성취가 주는 만족감에
교만은 늘고 자존심만 높아졌다

커져만 가던 혹이 무거워지고
거추장스러워진 건 부처님 가르침 때문일 거다
화려함을 쫓기보다는 마음의 고요를
보여 지는 것보다는 나를 들여다보는 것을
산에 올라 마음 비우는 것을

이젠 혹을 떼어버린
홀가분한 마음으로 살아도 좋겠다.

소통

말하지 않아도 통하는 사람
같이 있으면 행복해라

꽃을 보고도 예쁜 줄 모르고
진심을 얘기해도
건성으로 흘려듣는 사람
불통으로 저만치 멀어진다

혈관의 피도 통해야
건강해 지고
물길도 통해야
썩지 않고 생명의 터전이 된다

사람의 관계란
정이 통해야 인연이 되고
마음이 통해야
사랑으로 세상이 밝아진다

마음의 중심

꾸부정히 걷는
할머니를 보다가 든 안쓰러움
굽은 생이 허수롭다

힘겨움의 무게에도
마음의 자세 바로 하고
생각에 중심을 잡으면
인생도 바르게 살지 않을까

꼿꼿한 자긍심으로
마음 씀씀이 올곧게 한다면
꾸부정하지 않게
건강한 삶을 살겠지

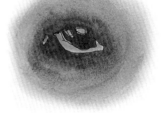

믹스커피

하늘 흐리고
빈 가슴에 헛헛한 바람
들랑날랑하면
믹스커피 한 잔 생각난다

간편하게
뜨거운 물만 부으면
우아한 생색내지 않으니
까다롭지 않고 친근하다

맛과 향기 그윽하니
일상에 에너지가 된다

사랑법

누군가를 사랑한다는 것은
그의 좋은 것만 사랑하는 것이 아니라
그가 아파했던 지난날들과
보이지 않는 불확실한 미래까지
함께 하겠다는 것이고
그의 단점까지도 사랑으로 보듬고
더불어 살겠다는 얘기지

사랑이란
그의 모든 것과 나의 모든 것이
모자람을 채워주며 어우러져
무엇인가가 되는 것
모난 마음 서로 부딪쳐 둥글어지면
서로에게 고마운 게
자꾸만 늘어난다는 얘기지

그러다보면
그의 전부를 사랑할 수 있다는 얘기지

115

마음

세상 모든 것
내가 아름답게 느끼면
보는 것 모두가 아름다움이더라
엄마가 아기의 똥을 예뻐하는 것처럼

내가 사랑으로
마음의 문을 열면
보이는 것 모두가 사랑이더라
짝지의 심통까지도 사랑스러운 것처럼

내가 즐거워야
주변이 함께 밝아지고
행복해야 주변이 넉넉해지더라
세상 더불어 엮는 인연이 감사한 것처럼

모든 것 비춰주는 거울 앞에서
지금 어떤 표정을 짓는지 살핀다.

초점을 맞추다

안경점에서 안경을 맞추니
눈앞이 환하다
어둠에 등불 밝힌 듯하니
생각도 환해진다

눈 맞추던 것들이
초점 안에서 생글거리는데
마음의 눈은
아직 상대의 마음을 읽지 못한다

인생에 초점을 맞추지 못해
걸음을 헛딛는다.

삶은 진행형

모든 것은
영원 하지는 않아

내가 아끼고 좋아하는 것들이
영원하길 바라는 마음이지만
우리가 보는 사물이나 꽃들도
어제와 닮은 듯해도 다르지

삶이란 늘 제자리걸음인 것 같아도
감지 못하는 변화 속에 있는데
다만 우리의 마음이
변하는 것이 불안하기 때문이지

좌절에서 희망을 배우고
이별에서 만남을 꿈꾸고
불행에서 행복을 깨닫고
아픔을 통해 사랑을 이루기 때문이지

변한다는 것은 살았다는 거야
생은 언제나 진행형

뒤안길

지나온 시간이 아득하다
버스 지나간
신작로처럼 휑하다

생의 모퉁이 돌 때마다
새로운 마음으로 사랑하자고
웃으며 살자고 다짐했었는데

작은 바램조차
호락호락 허락하지 않는 삶
웃음 그린 표정으로
습관처럼 마주해야 하는 현실이
세월의 시계추에 매달린다

다시 추스르는 마음
내디딜
오늘의 새벽을 연다

인명전화번호부

누가 더 잘났고
누가 더 못남을 구별하지 않네
남자라고 맨 앞줄
첫 장이 아니며
여자라고 맨 뒤
구석진 자리 아니네

많이 배웠다고 해서
잘난 사람이라고 해서
더 큰 활자나 진한 잉크 빛으로
이름 새기지 않아
평등한 존재가 되니 좋다네

사람은 누구나 똑같이 귀한 법
이름 한 번 빛낼 일 없는 사람들도
어디쯤에서
이름 밝혀두고 있을 것이네

술

술이 달달하게 부채는 날
술이 술술 넘어가는 날
무당의 주술처럼
엉킨 실타래 같던 마음이
술술 풀리는 날

지독한 외로움
사무친 그리움
술잔에 찰랑거리면
술술 풀어내는 혼자만의 넋두리
홀짝거리면 다시 채워지는
술 한 잔
감정이 솔직해진다.

비바람 소리

비바람 심한 날
덜컹거리는 창문
내 마음도 요란합니다

울부짖음으로
재웠던 번뇌 깨우고
그 채찍질에
내 마음 가눌 길 없으니
스며드는 사랑으로
다독다독 달래듯 오시렵니까

참았던 눈물
다 쏟아 부으면
말갛게 씻긴 마음에
무지개로 그대 오시렵니까

비 오는 날 아침

빗방울에 하들거리는 백일홍
커다란 눈망울에
그렁한 눈물 넘치는데
꽃 우산 펼쳐 든 그리움으로
조신하게 섰습니다

삶이 언제나 맑은 날일까
너나 나나
질곡의 시간들을
담담하게 받아들이는 숙명
안간힘의 오늘이거늘

의지할 그 무엇으로 인해
비바람에 흔들려도
살아간다는
그 자체로 심상한 의미
보듬어 눈물 닦아주면서
서로를 확인합니다.

윤회

비가 내려
내를 이루고
흘러 바다에 닿으며
수증기로 구름을 이루고
또 다시 비로 내리듯

봄에 뿌린 씨앗
움터서 잎이 되고
꽃 피어 열매 맺었다가
또 다시 다시 씨앗으로 돌아오듯

업이 만든 윤회의 궤도에서
순환하는
만물의 이치

한 해를 정리하며

이렇게 한 해가 저무니
무엇을 위해
허둥지둥 쫓긴 삶이었을까
이루려 노력했던
지켜지지 못한 약속
마지막 노을빛에 묻는다

괜찮은 나로 살고 싶었고
인연된 사람들과
행복하기를 소원했었지만
돌이켜 보면
아쉬운 마음에 앙금으로 남는
허투루 허비한 시간이다

다사다난했던 한해
이울어지는 석양을 바라보니
이만큼 살아 온 날들이
내게 마음 나누어 준 이들이
고맙기 그지없어
새해를 준비하는 마음에
희망이 고인다

5부

쉼표 하나

쉼표 하나

쉰 살이 된다는 것
쫓기던 삶을 되돌아 볼 줄 아는 나이

허투루 봤던 것 눈여겨보니
새롭게 발견하는 의미
내달리기만 하다 깨닫지 못한 삶의 허물
이제야 어렴풋 보이네

꽃 진 자리에 열매 열린다는
당연한 이치
시행착오를 경험하고 나서야
마음의 눈 열리는 걸 깨닫네

쉰 살이란
늙지도 젊지도 않은 삶의 허리
쉼표 하나 찍으면
넉넉해지는 인생인 걸 느끼네

인생의 가을
감사와 배려로 익어가며
소소한 기쁨을 추수하여 나누고
존중하며 사는 법을 배우네

갱년기 열꽃

시도 때도 없이
후끈거리며 찾아오는 불청객
변덕은 또 얼마나 심한지
사르르 열꽃 남몰래 피었다가
언제 그랬냐는 듯 시치미

하루에도 수십 번
제멋대로 널뛰는 기분
애먼 선풍기만 틀었다가 껐다가
종잡을 수 없으니
세월의 심술이 야속하기만 하다

배려 하나 은근히 데우지 못하고
사랑 하나 불태우지도 못하면서
마음에 울화만 불붙여
화르르 타오르는 열꽃이다

가시버시 사랑

경상도 두메산골 사내
전라도 두메산골 아가씨
어떤 연분으로
가시버시의 정을 맺었을까

서로 다른 환경
두메산골의 순박함만 닮아
서툰 사랑 다듬자니
티격태격 미운 정도 배웠지

서로 흠집 낸 자리
옹이로 품을 줄도 알고
서로에게 넉넉해져
한쪽 눈 질끈 감는 법도 배웠지

먼 길 함께 하며 쌓은
사랑보다 더 도타운 정으로
서로 가여워 하면서

엄마가 그리울 때

가장 슬플 때 괜찮다고
다독다독
등 쓸어주실 텐데

최고로 기쁠 때
나보다 더
환하게 웃어주실 텐데

외로움이 깊어
빠져나오지 못 할 때
말없이 안아 곁에 계실 텐데

억울한 일로 억장 무너질 때
이 또한 지나갈 일이라고
달래주실 텐데

내 옆에
엄마가 계셨다면
엄마가 계셨다면

꽃무늬 팬티의 추억

팬티래야 검게 물들였던
옥양목 사각팬티가 전부였던 시절
외숙모는 시장에서
꽃무늬 사각팬티를 사 오셨다

초등1학년 외사촌은
꽃무늬 팬티를 자랑하고 싶어서
나하고 눈만 마주치면
치맛자락을 들어 올리며 벙긋거렸다

하연 면에 예쁜 꽃 그림이 그려진
예쁜 팬티를 갖고 싶어
엄마에게 떼쓰며 졸라보지만
나중에라는 대답만 되풀이 하셨다

지금도 그녀만 보면
꽃무늬 팬티를 자랑하고 싶어서
치마를 배꼽 위로 올리며
벙긋거리던 모습이 떠오른다

속옷 정리한 서랍을 열면
무더기로 피어나는 꽃
그때의 추억으로
빙긋이 미소도 함께 피어난다.

바가지

씨앗에서 싹터
넝쿨손 벽을 타고 올라
지붕 위에 곱게 핀 하얀 박꽃
엄마처럼 달빛 아래 희미하게 웃었지

주렁주렁 엄마 젖에 매달려
동글동글 크는 모습
달덩이처럼 복스럽다고
예쁨 받던 시절도 있었지

여문 세월에 이르면
가진 것 모두 내어주고
텅텅 비운 속
엄마의 생도 또한 이랬겠지

바가지를 보면서
문득 나는 얼마나 내 속을 비워
무엇을 담아 나누었을까
빈껍데기조차 쓸모가 있을까 생각했었지

어른이 된다는 것은
마지막까지도
채우고 비움의 연속이겠지
바가지처럼

마음에 뜨는 달

달은 그대로인데
그믐에 보면 눈썹만 하다가
보름에 보면 한 아름이고

내 마음 한결같은데
그믐달 같은 마음으로 보면
겨우 요만큼이라서 서운하고
보름달 같은 마음으로 보면
만족으로 꽉 차서 고맙고

어떻게 보느냐에 따라
다르게 뜨는 달
내 마음엔 어떤 달이 떠 있는지

봄의 전경

이른 봄
벚나무 우듬지에 앉은 산새
휘파람이 여유롭다

바람도 한결 유순해져
뾰루지로 돋는 움
햇살 닿은 자리가 간지럽다

봄까치 꽃
꽃잎 물어다 놓으니
초록 융단 위 꽃발자국 찍힐까

용서

용서하는 것은
용서할 수 없는 것을
측은지심으로 바라보는 것

봄은 겨울의 혹독함에 대한
용서이고
꽃은 버림받는 것에 대한
용서로 피는 것

번잡스럽던 갈등도
응어리진 회한도
비워내면 용서인 걸

비운 마음
새털처럼 가벼워져
위대한 철학자보다 더 괜찮은
내가 됩니다.

바느질

밝았던 눈이 스멀스멀 흐려지는 나이에
햇살 가득한 창가에 앉아
바늘귀를 실에 걸었다

세월은 느림보라고 믿었던 젊음
시간에 쫓기어 못 가졌던 날들을
한 땀 한 땀 박음질한다

내 탓보다는
네 탓이고 주위 탓으로만 여겼던
뜨거워서 곧잘 데이고
넘어져서 금 간 사랑
서툰 칼질에 베인 선홍의 말

쉰 고개를 훌쩍 넘긴 지금에서야
산다는 것은
인내와 배려하는 것임을
낡고 헤진 바람 숭숭한 구멍을
간간이 기워가야 하는 것임을

햇살 가득한 창가에 앉아
놓쳤던 그리운 것들을 기워본다
조각보 맞추듯 맞추어 본다

내 사랑 삐돌씨께 주는 인생엽서

한 생의 굽이길 넘고 넘으려면
마냥 맑고 좋은 날만 있던가

시련에 주저앉고 싶었던 날들
회피하고 싶던 너덜길
돌부리에 채여 나뒹굴면서도
잡은 손 놓지 않았으니
웬수 같았던 정 이만하면 괜찮지 않았소

간간히 바람 불어
오르막길 힘겹던 땀 식혀주고
지칠만하면
이름 모를 꽃들이 반겨주니
돌아보면 대견한 인생 아니었소

백 세 고개 인생길 능선에 올라보니
절벽 위에 피어났던
꽃 한송이가 유별나게 더 곱고
절벽에 선 노송의 삶 놀랍지 않았던가

바람과 구름
이름 모를 꽃과 풀잎
풍진 세상 두루 같이하면 되는 걸
무엇을 얻고
무엇을 버렸는지 셈하지 말고
휘적휘적 두 팔 내저으며
여유롭게 걸어가보세

기도

두서없던 나의 말에
누군가 상처받지 않게 하소서

헛된 마음 앞서서
이기심에 눈멀지 않게 하소서

사소한 배려에도
늘 감사하게 하소서

미움의 가시 돋은 불평으로
누군가를 아프게 하지 않게 하소서

말이 아닌 행동으로
나눔을 실천하게 하소서

욕심에 눈멀어
남의 불행을 외면하지 않게 하소서

기대에 눈멀어
다그쳐 책망하지 않게 하시고

조급함에 휩싸여
지금의 행복을 잊지 않게 하소서

마음 평안하게 하여
내 자신을 들여다보는 반성으로
오늘을 살게 하소서

수박서리

서리하는 것이 놀이였던 시절
떼 감던 동네 아이들
수박 서리의 꿍꿍이가 발동한다

목표는 건넛마을 수박밭
원두막 지키는
김 노인에게 붙잡히지 않으려
철부지들 머리를 맞댄다.
달리기 젤 잘하는 녀석 살그머니
울타리 뚫고 수박을 따서
릴레이 바통 넘기듯
다른 아이에게 계속 이어지면
수박 서너 통 서리하는 것은
눈 깜짝할 사이

마을 어귀 미루나무 그늘에서
달달한 수박으로
멱 감고 한바탕 뜀박질한 허기
배가 터지도록 채우고
아무 일 없었다는 듯 집에 갔다가
해 질 녘 소를 몰고 나와
풀을 뜯기곤 했던 어릴 적 추억

이젠 동화 속 이야기로 남았다

우정으로 핀 꽃

봄나들이 나선 동창 모임
이야기꽃이 활짝 피었습니다

더러는 갱년기 열꽃이 피어
속상한 넋두리도 피었습니다

립스틱 바른 입술엔
연산홍 쑥스럽게 피었습니다

꽃동산엔 꽃 잔치
즐거운 탄성이 배시시 피었습니다

각양각색 꽃잔디가 반기니
행복의 꽃 피었습니다

친구들 얼굴에도
구김살 없는 우정의 꽃 피었습니다

전주 이씨 문중의 꽃동산에 핀 꽃
모두의 얼굴에 웃음꽃 만개합니다

추억

농촌 마을에 모내기 봉사하는 날
맑은 하늘엔 뜨거운 태양 눈 부시고
하얀 뭉게구름 한가로우니
간간히 얼굴 간질이는 바람 덕분에
몸은 고돼도 마음은 즐거웠었다

물 가득 채워진 논에서
줄잡이 따라 모를 몇 가닥씩
물컹한 논바닥에 심다 보면
끊어지는 허리 뒤로
금방 푸른 잔디 펼쳐지니
미끄덩거리던 논바닥의 감촉도
기분 좋았었다

점심 먹고 오락시간
갓 휴가 나온 영기 오빠
'누가 사랑을 아름답다 했던가'
목울대 터지도록 부른
그 노래에 진심을 살짝 엿보던
옛 젊은 날의 풍경화

지금은 모두 다
어디에선가 잘 살고 있겠지

견우에게

일 년을 기다렸던 이날을 위해
기꺼이 다리가 되어준
까치와 까마귀
얼마나 고마운가요

견우님
오늘 하루를 백 년처럼 사랑하고
굳건한 믿음으로
다시 만날 날을 기약해요

세상에는
삼백육십오일 기다려도
만나지 못해 애태우는 사람들
별처럼 많다지요

못내 그립기만 한
이루지 못한 사랑 때문에
별 보며 그리움 삭이고
별을 보며 시를 쓴다지요

견우님
우린 만날 수 있어
참 행복하네요
오작교가 있어 정말 감사하네요

장날의 추억

오일장 서는 날이면
어머니는 꼭두새벽부터
내다 팔 곡식을 곳간에서 챙기고
동백기름으로 머리 단장하고
동동구르무, 분 살짝 바른 다음
머리에 짐을 이고 나선 뒤를
불로티재를 힘들게 넘어설 때까지
먼발치 살금살금 따라간다

고갯마루 다 넘을 즈음에야
엄마의 무명치맛자락에 매달리면
십 리 길을 따라온 나를 어쩔 수 없이
장에 데려갈 거라는 궁리가 매번 통했다

장에서 물물교환도 하고 생필품을 사고
집으로 향할 즈음에
마음에 점 찍은 옷을 사달라고

시장바닥에서 마구잡이 떼쓰기에 돌입하면
난감한 엄마는 고쟁이 속
꼬깃꼬깃한 돈으로 옷을 사주시면서
다시 그러면 혼낸다고 타이르셔도
돌아오는 길에
꼬옥 잡아주는 손엔 따스함이 전해졌다.

마음먹은 대로

아무것도 아니라고 생각하니
아무것도 아니었고
대단하다고 생각할 때
대단한 사람이 되어있었습니다

생각하는 대로
잘나고 착한 사람도 되고
혹은 초라한 바보도 됩니다

생각한 만큼
이루려고 하는 만큼
무한으로 열린 우주입니다

모든 것은
스스로의 선택과 생각으로
넓이와 높이가 됩니다

다 사랑이더라

엄마의 잔소리
그립다

손자의 철부지 투정
보고 싶다

자식이 떠난 빈자리
허전하다

중년의 산득한 마음
쓸쓸하다

가만히 어루만지니
다 사랑이더라

착각

2865를 2685로
전화번호 뒷자리를 틀리게 눌렀다
얼떨결 착오가
메시지에 담겨 무심결 건너간다

2685님
월세 날을 잊으셨나 싶어 문자 드립니다
입금일은 12일입니다

잠시 후 울리는 전화벨
영문 모르는 황당함이 되묻는다
'여보세요'
'월세가 밀렸다니 누구신지요?'
'네 집주인입니다'
'0.0.0님이 아니신가요?'
'아닙니다, 잘못 거셨습니다'

착각이 낳은 엉뚱한 실수
이혼한 큰아들이 아이를 맡기고 연락 두절이 되어
혹여 큰아들 전화인가 기대했다는
아프게 뇌리에 맴도는 모정의 안타까운 하소연
어디쯤에서 방황으로 떠돌지
마음이 시려온다

사는 게 다 속 타고
고통 속에서 반짝이는 보석을 캐는 것인데
생면부지의 아픈 사연 엿보고 나니
지금의 소소한 행복 새삼 감사한 마음이다

울산 북구 창평동 133-16번지

힐미니의 첫 새끼인 큰고모 집 방문했다
하늘은 낮게 내려앉아
금방이라도 진눈깨비라도 흩뿌릴 듯
시야가 온통 잿빛이다

변두리 외곽
큰고모 굽은 허리만큼이나 허름한 집
인정스러운 고모님들
따뜻한 마음이 기둥으로 버틴다

설 지나면 92세가 되는 큰고모
자꾸만 쪼그라드는 작은 몸뚱이가
지난 세월의 모진 풍파를 견디기까지
짓무른 눈가를 훔치며 살아내셨을 것이다

생의 본질에 대한 상념으로
큰고모의 초라한 늙음을 마주하니
측은함이 연민으로 밀려들어
소소한 나의 일상과
건강한 나 자신이 새삼 고맙다

6부

마음의 사계

춘삼월 예찬

봄이 오는 길목
누가 오는지 귀 쫑긋 세우면
나무마다 물 긷는 소리
자연이 기지개 펴는 소리
산새들 햇살 물어오는 소리
산수유 개나리 아지랑이 벗 삼고
막 눈뜬 아기 꽃들
솜털 보송보송 목을 가눈다

심연의 뜨락에도
어김없이 찾아 온 자연의 숭고함
인동의 혹독함 이겨내고
꽃은 펴 아름답게 산천을 수놓는
태동의 춘삼월
다시 맞는 생명의 경이로움으로
눈부시다

봄 마중

봄이 오고 있습니다

햇살 따사롭게
아지랑이 피워 올리면
세상은 생명의 기운으로 가득하니
명지바람은 정겹습니다

동안거에 들었던 자연을 깨우며
조잘거리는 개울물 소리
나무는 물 긷느라 하루가 짧고
꽃들은 몸단장에 바쁩니다

모두가 귀한 손님
봄의 초대장 들고 오는 이
누구신가요

입춘

분홍빛 옷자락 나풀거리며
양지바른 언덕에 아지랑이로
배냇짓 옹알이하는 개울물처럼
그렇게 오는가 보다

가슴 설레는 가녀린 떨림
사유 깊은 마음은 아닐지라도
보이는 풍경마다 황홀해
시 한 수 읊조리며 오나 보다

새움 틔우는 나뭇가지마다
춘몽에 취해
바람 끝자락 봄 향기에
연둣빛 여울 일렁이나 보다

화관을 쓴 봄꽃들
방실거리니
날개 단 심상의 꿈들이
봄을 찬미한다.

봄비

수척해 보이는 나목
무엇인가 기다리 듯 가만히
반짝이는 눈물 속에 서 있습니다

봄비의 속삭임이
황량한 풍경에 스며
촉촉한 숨결을 불어넣습니다

아직 그대 오지 못해
애틋한 그리움만 적시는
마음 깊은 곳에 둔 아련한 고백

여기저기
움트는 꽃눈들이
조용조용 내리는 봄비가 간지러워
움찔거립니다

오월

초록 물감 풀어서 물들인 숲속
밤새 내린 비에 함초롬
오월은 한결 싱그러워진다

축복해야 할 날들
라일락 향기에 모여드니
사랑으로 더불어 충만한 마음
행복이 꽃 핀다

말갛게 얼굴 내미는 햇살
벌 나비 바쁘게 꽃 찾아 노닐고
이파리에 반짝거리는 희망
어찌 지금을 만끽하지 않으랴

5월의 산야
이리도 찬란하니
꽃물 들이고픈 사람 기다려진다.

음나무 새순을 따면서

뾰족한 가시가 호위를 서는
음나무 여린 순
손등 긁히고 찔리면서도 따서
보드랍고 순한 싹
살짝 데치어
당신 밥상 위에 놓고 싶습니다

겨울을 이겨낸 봄의 속살
풋나물를 보면
당신에게 드리고 싶은 마음 앞서고
새로 돋는 꽃잎이나 풀잎에도
당신이 먼저 생각납니다

오늘처럼 화사한 봄날
더 많이 그리운 그대는 멀리 있네요
맨 처음 것
당신에게 주고 싶은 내 마음

포근한 햇살이 가만가만 어루만집니다

음나무 새순을 따다가
눈에 띈 들꽃
그대인 양 바라보다가
가시에 찔린 줄도 모릅니다

지나가는 바람이
나의 기다림에도 꽃이 필 거라
귀띔합니다

탓

두근거리는 꽃잎 떨어지는 긴
살며시 다가와
꽃 흔드는 바람의 탓

꽃 멀미에 휘청휘청
토하는 향기
오래 참았던 그리움의 탓

꽃비로 우수수
마음 적셔오는 건
정에 겨운 마음의 탓

가슴앓이로 핀
눈먼 사랑
겨우내 품었던 탓

시린 한겨울 버텨내고
눈부신 이름으로 웃는 건
순전히 봄의 탓

매미의 일생

땅속 암흑의 칠년
긴 투쟁의 시간에 비해
한 철만 겨우 허락된
바깥세상과의 갈망하던 만남
허투루 시간을 허비하기엔
여름이 너무 짧구나

얼마나 참았다 쏟아놓는
생명의 목소리 인가
운명을 탓하기엔
기다림이 너무 간절해
구애의 노래 멈출 수 없으니
쉴 틈조차 없구나

공들인 시간 너무 길어
혼신을 다해
여름을 달구는 매미울음
시끄럽다는 타박이 미안하구나

품에서 떠나보내며

나비야
네가 오래도록 곁에 있길 바라며
내 품에서만 나풀거리기만
유일한 안식처였기를 바랐었지

이곳저곳 날아가 보고픈 바람
세상을 향한 날갯짓
사랑이란 이름으로 붙잡았음을
늦게 깨달았으니
네가 가고 싶은 곳으로
맘껏 훨훨 날으렴

난 너를 이해하여
눈물짓기보다는
앞날을 축복하면서
떠나보내는 것을 배우는 중이야

파도

나의 사랑을 물에 두었지

끊임없이 다가서는 갈증

집채만 한 그리움으로 찾아갔다가
모랫벌만 겨우 적시고
부서지고야 마는

때론 작은 바람으로 다가가서
찰랑대며 내 마음을 보여 보지만
나의 사랑은 눈썹 하나 끄떡없고

온전히 가질 수 없는 사랑
쉴 새 없는 번뇌

욕심을 내면 낼수록
혼자서 꺼억꺼억
날밤 새는 하얀 상처뿐

언제부터였을까
뭍에 대한 내 그리움의 시작은
내 심장이 부서지고야
돌아서 가야 하는 비련

구월의 소리

긴 어름
지친 초록이파리 흔드는
바람소리

서둘러 먼저 핀 들국화
햇빛 밟으며
꽃향기 퍼져오는 소리

하늘의 뭉게구름
둥둥 떠가고
물소리 맑게 울리는 소리

온 산이 붉어올 준비
눈부신 가을꽃
지천에 피어 부르는 소리

귀뚜라미와 풀벌레
가을이 오고 있음을 알리는
울음소리

9월이 깊어가는 소리

가을 마중

우리 집 화단
국화꽃 향기 밟고서

김해 들녘을 수놓은
살살이 꽃길을 걸어서

돌담 옆 감나무
감 붉게 영그는 고샅길로

길가에 늘어선 은행나무
노란 나비 떼의 몸짓으로

정다운 이와 함께
가을풍경 속을
마냥 걷고 싶어라

단풍잎 연서

내 마음 곱게 물들여
그의 모습 어른거리는 창가에
나붓나붓
그리움 흔들고 싶어라

은연중
그대와 눈 마주친다면
지금이 마지막인 양
한 점 미련도 남기지 않는
고백의 연서로

가장 아름다운 모습
오래도록
그대 마음의 갈피에서
간직되고 싶어라

가을 서정

아트막한 언덕배기
곱게 피어난 코스모스
그리움 안고
갈바람에 팔랑개비로 돌고
오색으로 물든 나뭇잎
가을을 재촉하는 돌개바람에
한잎 두잎
방향 없이 휘날린다

물소리 서늘해지고
개울 언덕에 선 붉은 단풍나무
왠지 안쓰러운 건
마지막을 장식하려는 화려한
몸짓의 처절함 때문일까

가을의 정점에
계절의 파수꾼을 자처하는
억새의 깃발은
그리움 쪽으로 흔들리고 있다

서민의 가을

뙤약볕에 잘 익은 나락들을 거둬들이고
바람은 선선하게 불어
산도 들녘도 색동옷 갈아입고
고운 자태 자랑할 즈음엔
여름에 미루었던 선남선녀의 청첩장
가을이 결실의 계절임을 알린다

유명 단풍 관광지마다 인산인해라는
뉴스는 강 건너 불구경인지라
품 팔아 연명하는 하루하루가 힘겹고
길흉사 소식엔 지갑이 먼저 움츠리니
자잘한 근심이 단풍들고
한숨이 낙엽 되는 서민의 가을이다

잠시 허리 펴고 바라보는 하늘
청명하고 푸르니
단풍보다 더 예쁜 새끼 얼굴
흐뭇하게 어른거린다.

만추

어쩌자고
고운 얼굴로 붉어져
그리움 짙어서
뭇 사람 가슴마다
이토록 시리고 설레게 하는가

만산홍엽으로
사무치는 원색의 몸짓들
마지막 진심을
서럽도록 부여잡으니
순례를 앞둔 비장함 어찌 외면할까

만추의 황홀한 풍경
강렬했던 기억들을 내려놓고
겸허한 감사로 기도해야 할 시간
저토록 붉은 단풍
절정의 순간조차 훌훌 털어내는
극치의 아름다움이여

마지막 단풍

서늘한 바람에 수심 깊이
수척해진 낯빛
빨갛게 물들여 본들
허허로움 감출 수 있을까

진하게 도드라지는 원색
이별을 준비하는
마지막 의식이 너무 황홀해
차라리 눈물겹다

미련마저 활활 태우고
흔적마저 훌훌 털어버리고
다시 오겠다는 기약
저 홀로 눈시울 붉다

저

렇

게

덧없는 손사래만 치면서

춘설

동면에서 막 깨어난
산수유 꽃망울 도톰해지고
매화는 설레는데
어쩌자고 느닷없이 찾아오셨는지요

복수초 시린 손 호호 불며
잔설 헤쳐
솜털 가시지 않는 꽃봉오리
노랗게 물들이는데
무작정 솜이불 덮어주시니 난감합니다

겨우겨우 봄의 문턱 넘어
까치발 들고 봄볕 마주하려는데
불현듯 찾아와
뒤늦게 포옹하면 어찌합니까

따스한 햇살 눈부시거든

계절 따라가시옵소서

감사의 기도

창밖의 나무에
몇 남지 않은 나뭇잎처럼
식탁 위
한 장 남은 달력이 달랑거리는 저녁
촛불 켜니
감사의 마음이 일렁입니다

올 한해도 무사히 잘 보냈음에
큰 자랑거리는 없지만
가족이 평안하고
주변 지인들이 무탈함에
감사할 일이 너무 많았건만
무심히 지나쳤습니다

새해에는
사랑을 나눔에
감사를 표현함에
용서를 실천함에 인색하지 않고
모두 건강하기를 기원하는 마음을
촛불로 밝혀 봅니다

새해 달력을 펼치고

희얀 눈 속에
옛 고향 초가지붕
장독대 쌓인 소복한 눈
굴뚝에 연기 피어오르던 풍경
이렇듯
감질나게 눈발 날리는 날엔
저절로 떠오르는 기억입니다

몇 밤 지나면 새해인데
연말이면 후회의 보따리는 많아져
잘한 일보다는
잘못했던 일들이 마음에 밟히니
어릴 적 까닭 없이 기다리던
새해의 설렘이 그립습니다

밖엔 제법 눈발이 굵어져
발자국 남길 만큼 쌓여가고
두메산골 어린 소녀도
중년의 세월을 눈사람 굴리면서
새해의 달력을 펼칩니다

새해 달력에
가족의 생일과 기념일
빨간 동그라미 그려 넣으며
열심히 살겠다는 마음에도
동그라미 칩니다

재현과 서정의 조화로운 결합
소 인 선 시 인 의 시 세 계

최영구 / 시인, 문학박사, 부산문인협회 회장

아리스토텔레스는 시를 자연의 모방이
라고 했다. 그게 곧 재현을 의미한다.
소인선 시인은 시에서 재현을 앞세운
다. 그건 곧 대상의 실체적 현상^{現像}을
앞세운다는 말이 된다. 그리고 전개의
단계에 따라 재현과 서정의 결합으로
시를 맺는다.

대부분의 시인들은 시가 은유적 수사
법을 통해 명명하고 해석하는 관념이
축이 되어야 한다고 생각한다. 하지만
모든 존재는 현상^{現像}으로서 자신을 말

한다. 참된 의미에서 모든 존재의 언어는 있는 그대로의 현상現像이기 때문이다.

존재를 말하는 곧 있는 그대로의 실체의 상인 현상現像, 그것은 인간이 정한 관념으로 의미가 굳어 있는 현상現像적 사실이 아니다. 형상으로서의 현상現像 곧 서경을 중시하는 시들은 살아 있는 의미인 이미지와 그 언어의 축으로써 환유적 수사법을 수용해 시의 이미지를 전개한다. 그게 재현을 중시하는 시인들이 추구하는 시다. 그리고 정도의 차이는 있지만 모든 시인의 시에서 재현이 무시된 시는 거의 없다.

우리의 담론 체계를 지배하는 것은 관념이며, 그것의 체계다. 이 관념의 체계는 은유 구조가 그 축을 이룬다. 재현을 앞세우는 시인들은 은유보다 실체의 상과 그 묘사를 시의 중심에 두고 싶어 하는 그들의 욕망을 보여 준다. 소인선 시인의 시도 그런 편이다.

소인선 시인은 재현 곧 서경을 중심에 두는 다른 시인들과 마찬가지로 대체 관념, 즉 재해석, 재구성이 아닌 그 이상의 어떤 것을 찾는다.

언어를 만들어 사용하는 것이 인간이므로 사물의 이름은 물론 의미까지 정하는 것도 인간이다. 모든 사물을 인간 중심으로 이해하고 명명하고 해석하고 의미를 결정한다. 인간의 욕망과 욕망의 실현 현장으로서의 세계는 그러므로 결코 객관적이거나 또는 선한 의지에서 의미화하고 조직화 되어 있지도 않고, 그리고 실존의 세계도 오래된 휴머니즘이라는 미명하에 여전히 가려진 채 왜곡되고 있는 편이다.

인간이 나만이 아닌 세계와 함께 언어를 공유하는 방법은 없을까? 를 중심에 두고 끊임없이 고민하는 시인들이 다름 아닌 재현을 중시하는 시인들이다. 재현된 현상現象은 굳어 있는 개념도 아니며, 추상적인 관념도 아니다. 그것은 존재의 살아 있는 의미망, 즉 대상 혹은 세계 그 자체가 아닌가. 언어를 믿고 세계를 투명하게 드러내려고 노력하고, 더하여 관념과 현실을 재구성하려 애쓰고, 명명하고 해석하는 언어의 축인 은유적 수사법을 중심축에서 주변축으로 돌려버리려 끊임없이 노력하는 사람들이 재현과 현상적 이미지를 중시하는 시인들이다. 하지만 그들도 언어가 의미를 떠날 수 있다고 믿지는 않는다. 그러므로 그들도 분명히 의미화를 지향하게 된다. 단지 그들이 표현하고자 하는 것이 명명하거나 해석에 의해 의미가 정해져 있는 형태가 아닌 다른 것을 추구하고자 하는 것일 뿐이다.

재현을 중심에 두는 시인들은 사변화 되거나 개념화 되기 이전의 의미인 사실적 현상^{現像}으로 현상^{現像}적 사실을 드러내고 싶은 것이다. 그 현상적 이미지는 '날 그대로의 이미지'일 뿐이므로 세계를 함부로 구속하거나 왜곡하거나 파편화하지 않는다고 믿는다.

다시 말하면 소인선의 시는 그러므로 해석하지 않아도 되는, 직관에 의해 그 세계를 이해할 수 있는 재현된 서경을 바로 눈앞에 둔 현상^{現像}적 이미지가 중심인 시다. 그래서 소인선의 시는 쉽게 접근해 읽을 수 있으면서도 서경적 묘사가 주는 실체와의 교감에서 얻는 또 다른 정서를 맛보게 한다. 그러면서도 관념과 추상이 바탕인 비유와 현상^{現像}적 사실을 수용할 수밖에 없는 서정적 측면에서는 결국 조화롭게 비유적 이미지를 수용해 시적 조화를 이루어 낸다. 소인선 시인의 시는 그처럼 있는 그대로의 사실적 현상現像과 현상학에서 말하는 본질과의 상관적 개념으로서의 현상現像적 서정이 조화되고 교감된 시다. 소인선 시인의 시는 바로 그런 시적 조화미를 추구하는 데 있다.

지리산 능선을 걸으며
주변 풍경 세세히 눈에 담자니
어우러져 있어도
자신만의 독특함을 잃지 않는 것들
흐드러지게 핀 진달래꽃
산철쭉 아기별꽃
이름 모르는 가지각색의 야생화들
병졸처럼 늘어선 나무들
바람과 구름, 향기
걷고 있어도 생각이 다르고
보고 있어도 시야가 다른
나만의 오롯한 시간
발길 닿는 곳마다 경이롭다

능선을 오르다 발견한

아기별꽃 품에 안아 키우는 고목

저마다 의지할 곳 있으면

거기가 안식처

지리산 능선에서

나도 꽃으로 하늘거린다.

「지리산 능선에서의 사색」 전문

자연은 우주의 근원으로서의 현상이다. 그리고 자
연 현상 중 가장 주목할 만한 것 중의 하나가 꽃이
다. 소인선 시인의 시에서 자연을 소재로 한, 그 중
에서도 꽃을 주목하는 것은 그래서일 것이다. 보통
우리들은 풍경이나 꽃과 같은 자연물의 아름다움을
자연미라 생각한다.

자연은 인간의 인위적 작위나 문화와 대치되어 왔
다. 하지만 사실 모든 존재의 근원은 자연이다. 그러
므로 인간의 문화가 자연과 괴리될 때 인간은 자연
을 되돌아봄으로써 근원으로서의 자연에 비추어 작
위로서의 문화를 되돌아보는 반성적 기재로 삼는
다.

문화와 문명 속에 살던 우리가 시 속의 '산철쭉', '아기별꽃', '나무들', '바람과 구름' 그들의 '향기'를 시로 만나면서 문화와 문명에 대한 사고를 한 차원 높이게 하는 계기를 마련하게 된다. 소인선의 시 「지리산 능선에서의 사색」은 그런 서정과 관계된다.

사실 지리산 능선은 자연의 보고라 할 만큼 자연자원이 풍부하다. 그래서 지리산 능선에 들면 인간도 자연과 하나가 된다. 도회지 생활에서 물질과 문명에 찌든 우리가 모처럼 자연과 하나가 될 수 있는 계기가 바로 '지리산 능선길'과 같은 자연과 만나는 일이다.

소인선의 시 「지리산 능선에서의 사색」은 지리산 능선의 자연미를 시적으로 재현한다. 그리고 지리산 능선의 자연미 그대로를 수용하고 서정화 한다.

"능선을 오르다 발견한/ 아기별꽃 품에 안아 키우는 고목/ 저마다 의지할 곳 있으면/ 거기가 안식처/ 지리산 능선에서/ 나도 꽃으로 하늘거린다." '나도 꽃으로 하늘거린다' 꽃(자연)과 내가 구별이 없는 경지, 일체감 그런 서정과 만나게 한다.

바람의 귀엣말에
무작정 따라나선 무모함이라지만
그리움 부추기는데
어딘들 못 찾아갈까요

마음 심으면
사랑으로 꽃 필 언약
가난을 탓하지 않는 억척으로
네게 뿌리내릴 텐데

불평하지 않는
착한 마음 가볍게 날아서
순박한 네 얼굴에
방싯거리는 미소로 필거야

욕심 없는 행복으로
너의 부푼 희망이 되고 싶으니

허락한다면

예쁜 꽃으로 피어 웃어 보일게

「민들레 홀씨」 전문

소인선 시인은 꽃에 매료된 시인인 듯하다. 꽃은 자연물 중에서도 아름다움과 순결을 상징하는 시적 상관물로 많은 시인들의 시에 자주 등장한다. 꽃을 매개로한 자연의 체험 즉 꽃을 통해 자연현상과 자연미의 심오함을 경험하는 체험은 그 자체로 매우 미적 체험이라 할 만하다. 그리고 꽃에 대한 경험은 우리들의 일상적 사고에 영향을 주게 된다. 왜냐하면 그런 서정은 자신의 사고와 생활관에 직접 관계되거나 영향을 미치게 되기 때문이다.

"바람의 귀엣말에/ 무작정 따라나선 무모함이라지만/ 그리움 부추기는데/ 어딘들 못 찾아갈까요"

민들레의 꽃씨가 바람을 타고 날아가는 자연현상을 언술한 대목이다. 사실 민들레 꽃씨가 바람을 타고 흩어지는 모습은 우리가 볼 때는 무모함으로까지 여겨진다. 하지만 그건 묘한 자연현상이다. 거기다 "그리움 부추기는데/ 어딘들 못 찾아갈까요"라는 시적 언술은 자연현상에 화자 자신을 매개하는 언술이다. 징과 그리움은 가장 인간적인 것이기 때문이다. 그런 표현들은 현상적 사실이지만 그런 서정을 통해 우리는 꽃과의 교감의 정서를 만나게 된다.

"불평하지 않는/ 착한 마음 가볍게 날아서/ 순박한 네 얼굴에/ 방싯거리는 미소로 필거야 거" 꽃과 같은 순결을 지향하는 화자의 내면을 보여주는 대목이다. 화자가 꽃에 동화된 순간적 서정을 읽을 수 있다. 화자는 민들레를 보며 민들레와의 일체감 곧 자연과의 일체감에 사로잡힌다. 민들레꽃 곧 꽃의 서경이 가장 숭고한 매력으로 보였기 때문이리라. 「민들레 홀씨」에서 소인선 시인은 재현보다 서정을 앞세운다. 그리고 그런 서정을 통해 일체의 인간위적인 것에서 해방된 순결하고, 순수한 자아를 회복시킨다.

참고 있던 그리움

문득 흐린 눈으로 나를 바라본다

기억의 역류로

마음 흠뻑 젖을 때마다

지워버린 줄 알았던 아픔의 되새김

만남과 이별 잦은 삶

누군들 눈물의 웅덩이 하나 없으랴

운명의 고리에 엮여

지나가는 한순간 인연이 남긴

그리움이라는 덧정

세월의 흔적

또 한마디가 자라난다

「먼 산 보듯」 전문

우리는 살아가면서 많은 우여곡절을 겪는다. 그리
고 우리의 삶이란 인간관계 그자체다. 인간관계 가

운데는 우정도 있고, 갈등과 반목도 있고, 사랑도 있다. 그런 여러 경험 중 아픈 사랑의 경험은 시의 주요 모티브가 되기에 충분하다. 인간관계에서 가장 주목할 만한 것은 사랑의 체험이다. 그건 그 자체로서 실존적 체험이 된다. 왜냐하면 가장 인간적인 체험이기 때문이다. 주체가 타자를 사랑하게 될 때 그는 평소 자아 중심의 사고에서 벗어나 사랑하는 대상을 자아의 중심에 두게 되는 경우다. 그래서 사랑은 더러 상처로 남게 되거나 연민이나 그리움을 남기게 된다.

자아의 희생 없이는 사랑에 이를 수 없는 법이다. 그런 자기회생으로 하여 사랑한 만큼 사랑한 주체에게는 큰 아픔이나 상처를 남기게 된다.

"참고 있던 그리움/ 문득 흐린 눈으로 나를 바라본다" (첫째 연)
"세월의 흔적/ 또 한마디가 자라난다" (마지막 연)

그리움은 보다 적극적인 인간관계에서 남게 되는 일종의 상처와 연관 된다. 사랑한 만큼 희생을 나누어

가진 것이 되고, 서로 상대에게 마음을 준 것이므로 지울 수없는 흔적으로 남아 있게 되는 것이다. 그리움이 크다는 것은 그만큼 더 사랑이 깊고 순결했다는 의미이며 그런 사랑의 반향이 곧 그리움이다. 그러므로 사랑은 일종의 마음의 흔적 같은 것으로 간절한 정신적 풍경이 된다. 그 간절함의 풍경이 그리움이 아니던가.

인생의 주인공 되어
딛고 가는 삶
누구도 탓하지 않는 여유로
경쟁에서 벗어나
산 중의 고요와 고독을 즐긴다

혼자 일 때
오롯이 들여다보는 내면
사색은 깊어지고
대상을 보는 눈 맑아지니
나로서 비롯되어지는
삶의 행로가 여기에 있다

아름다운 것

슬픈 것

다시 들여다보면

새롭게 눈 뜨는 자아

외진 곳 홀로 핀 꽃

비교하지 않는 행복에 거워

더 곱고 예쁘다

「혼자만의 산행」 전문

화자는 홀로 산행에 든 자신을 '외진 곳 홀로 핀 꽃'
에 비유한다. 그래서 '더 곱고 예쁘다'로 탈속한 자아
는 더 고운 꽃으로 거듭난다. "혼자 일 때/ 오롯이 들
여다보는 내면" 위 시는 바로 그런 자아응시에 있다.
그처럼 이 시는 홀로 산행을 하며 자아와 마주한 내
면적 자아 응시가 정서의 바탕이다.

세상살이란 늘 타자와 함께 하는 일이면서 남과의
관계 속에 있는 일이다. 그럴 때 우리는 남을 의식해
주체의식을 갖고 자신의 의지대로 행동할 수 없게
된다. 왜냐하면 타자와의 관계 속에 있기 때문이다.

세상과 사회는 늘 우리를 구속한다. 규범과 법과 윤리가 없는 사회는 없는 법이다. 규범과 윤리와 법은 일종의 사회 질서를 위한 것이면서 인간을 구속하는 것이 된다. 그리고 우리는 늘 남과 보이지 않는 경쟁 속에서 살아간다. 어떻게 보면 실존 그 자체가 경쟁과 그 시련일지 모른다.

화자는 모처럼 훌훌 모든 걸 버리고 홀로 산행에 들었다. 모처럼 사회와 타자가 없는 세상에 든 것이다. 홀로인 이상 제 의지대로다. 비로소 주체가 된 자아가 보이고 자아의 내면도 되짚어 보게 된다.

"아름다운 것/ 슬픈 것/ 다시 들여다보면/ 새롭게 눈 뜨는 자아/ 외진 곳 홀로 핀 꽃/ 비교하지 않는 행복에 겨워/ 더 곱고 예쁘다" 그처럼 자아확인은 늘 필요한 일이다. 자아 반성의 계기가 되기 때문이다. 시인들은 늘 자아에 눈을 돌린다. 자아의 주체성은 모든 인간의 인권과 깊이 관계되기 때문이다.

시도 때도 없이

후끈거리며 찾아오는 불청객

변덕은 또 얼마나 심한지

사르르 열꽃 남몰래 피었다가

언제 그랬냐는 듯 시치미

하루에도 수십 번

제멋대로 널뛰는 기분

애먼 선풍기만 틀었다가 껐다가

종잡을 수 없으니

세월의 심술이 야속하기만 하다

배려 하나 은근히 데우지 못하고

사랑 하나 불태우지도 못하면서

마음에 울화만 불붙여

화르르 타오르는 열꽃이다

「갱년기 열꽃」 전문

세월은 또 하나의 상처를 우리에게 주게 된다. 그 상
처가 가장 분명하게 들어나는 것 중의 하나가 갱년

기 현상이다. 하지만 나이 듦이 감정을 무디게 하지
는 않는다. 육체적 현상인 갱년기는 그래서 마음의
상처가 되곤 한다.

누구나 겪게 되는 갱년기, 육체는 물리적인 것으로
마음이 좌우할 수는 없는 일이다. 누구도 세월을 이
길 수는 없는 법. 마찬가지로 세월 따라 변해가는 육
신도 우리는 어쩔 수 없이 받아들여야만 한다. 하지
만 마음은 그대로니 갈등은 거기서 부터다. 그래서
화자에게 갱년기는 '불청객'이다.

꽃다운 젊은 나이에는 육체적 한계를 거의 모른다.
그래서 젊은 시절은 세월이 주는 한계나 장애나 아
픔을 느끼지 못한다. 그렇게 살아온 나날이 문득 나
이 들면서 한계에 이르렀을 때 비로소 세월에 의해
자기가 얼마나 멀리와 있는 지를 느끼게 된다.

"시도 때도 없이/ 후끈거리며 찾아오는 불청객/ 변
덕은 또 얼마나 심한지/ 사르르 열꽃 남몰래 피었다
가/ 언제 그랬냐는 듯 시치미" 그래서 갱년기에 찾아
오는 '열꽃'은 '불청객'이다. 열꽃과 함께 찾아오는

무력감을 마음은 받아들이기를 힘들어 한다. 육체적 변덕은 시도 때도 없다. 후회는 그때부터 시작된다. '사랑 하나 불태우지도 못한'은 하나의 상징석 의미일 것이다. 세월이 나에게 모든 것을 앗아가 버린 현실에 대한 마음의 반항이라 해야 할까. 후회할 때는 이미 늦은 법이다. 위의 시는 그런 시적 함의를 내포한다. 소인선 시인의 시속 화자의 세월이 각자의 세월을 되짚어 보게 한다

　　시가 좋아 시 쓰며 살고
　　산이 좋아 산에 오르며
　　낯익은 그리움과 동행한다

　　모든 것은
　　좋아하는 쪽으로 향해
　　마음을 열어두고
　　관심 받기 위해 노력한다

　　우리 집 창가 화분에 작은 나무도
　　양지로 가지를 뻗고

꽃도 창가로 목을 뉘었다

네가 좋아

살포시 다가가는 눈빛

마음은 항상 네 곁이다

세상 모든 것은

못내 그리워하는 쪽으로

시선을 고정한다

「그리움의 방향」 전문

시는 사실 열망에서 시작된다. 작가가 바라는 세계나 열망이 시가 된다. 그 열망은 신화적인 것과도 일맥상통한다. 시인은 개인적으로 구축한 감정적 진실의 세계에 안주하고 싶어 한다. 그 세계는 시적 감정의 기반이 되는 것으로 신비적이고 마술적이다.

"모든 것은/ 좋아하는 쪽으로…/ 마음을 열어두고"가 그 예가 될 것이다. 이어서 "우리 집 창가 화분에 작은 나무도/ 양지로 가지를 뻗고/ 꽃도 창가로 목을 뉘였다"는 소인선 시인의 시적 논리는 현실성이 뒷받침이 된 것이 아니지만 그런 시적 진술로 하여 감정적 진실이 된다.

현실적 상황과 사건은 서로 맥락이 닿지 않는 모든 외부사항들의 죽은 집합체에 불과하다. 하지만 소인선 시인은 시적 상상력으로 모든 것은 '좋아하는 쪽으로 향하기 마련이'라는 감정적 통일성을 부여해 시적 정서를 고조시킨다. 마찬가지로 시인은 시적 목적을 객관성에 두지 않고 그 시가 추구하는 일관된 통일성의 회복에 두는 것은 신화적 상상력과 관계된다. 내 눈빛이 사랑하는 이의 곁에 있듯 "세상 모든 것은/ 못내 그리워하는 쪽으로/ 시선을 고정한다"는 미적 논리의 일관성은 읽는 이 누구에게나 공감을 주게 된다.

> 세탁기에 넣기엔 자잘한 세탁물을
> 세면장바닥에 쪼그려 앉아
> 거품을 내고
> 땟물이 빠지도록 조물거리다가

문득 한겨울 개울가에서 빨래하던

엄마 생각이 났습니다

새빨갛게 언 손 호호 불어가며

벅벅 문질러 빨던 옷

철부지 우리는 하루가 멀다고 흙투성인데

그때마다 타박 한번 안하시고

빨래 방망이만 힘껏 두들기셨지요

손빨래 고집하셨던 엄마가 보고 싶어

눈물로 헹구는 빨래거리

젖은 그리움을 널어 말리려니

엄마가 햇살로 찾아옵니다.

「손빨래를 하면서」 전문

우리 어버이들은 가난과 결핍을 숙명으로 알고 살다
간 사람들이다. 소인선의 위의 시는 어머니의 헌신
과 관련된 사실적 체험세계다. 하지만 그 체험의 세
계를 시적으로 재구성해 낸다. 어머니는 헌신적 노
동과 사랑으로 우리를 키워주신 분이다. 하지만 그

런 보편적인 체험이 서정시로 재구성될 수 있는 것은 감각적 쇄신 때문이다. 시적 쇄신에는 반드시 감각적 갱신을 동반해야 한다. 소인선 시인은 어떤 소재나 테마의 시든 감각적 갱신위에 시를 재구성해 낸다.

시인의 자질은 창조적 상상력에 더하여 대상을 감각적으로 쇄신해 내는 능력에 있다. 그런 쇄신은 우리들의 일상적 사고를 넘어 새로운 창으로 새로운 세계를 보여준다. 그 새로운 세계란 우리가 열망하는 세계, 우리가 동경하는 세계와 관계된다.

소인선의 위의 시는 손빨래로 상징되는 어머니의 헌신과 사랑이 테마의 중심이다. 어머니 하면 헌신과 사랑을 떠올리지 않는 사람은 없을 것이다. 하지만 소인선 시인은 빨래라는 일상적 제재를 통해 어머니에 대한 사랑의 감동을 감각적 시어로 재구성해 낸다. '새빨갛게 언 손'에서부터 시작해 '벅벅 문질러 빨던 옷' 과 '눈물로 헹구는 빨래' '젖은 그리움을 널어 말리는' 등 빨래와 관련된 감각적 인식의 언어로 시를 창조해 낸다. 감각적 쇄신은 사고의 쇄신을 이끌어낸다. 시 「손빨래를 하면서」가 어머니의 헌신적 사랑을 떠올리게 하는 시적인 힘은 그런 감각적 쇄신에 있다.

정리하면 소인선의 시의 힘은 대상에 대한 재현의 힘이 남다르다는 것과 감각적 쇄신을 통해 서정을 형상화해 내는 시적언술이 돋보인다는 점이다. 감각적 쇄신은 의식의 쇄신을 동반한다. 소인선 시의 그런 재현과 대상에서 자아의 내면을 응시해 형상화해 낸 형상적 힘과 서정적 울림은 모두에게 공감을 줄 것이다.

소인선 시집
쉼표 하나

초판 인쇄 2020년 10월 05일
초판 발행 2020년 10월 20일

글 소인선 | 캘리그라피 김종기 | 삽화 벽화 | 펴낸이 김윤희 | 디자인 방혜영
펴낸곳 맑은소리맑은나라 | 출판등록 2000년 7월 10일 제 02-01-295 호
주소 부산광역시 중구 중앙대로 22 동방빌딩 301호
전화 051-255-0263 팩스 051-255-0953 | 이메일 puremind-ms@hanmail.net

값 15,000원
ISBN 978-89-94782-79-9 03810